BIBLIOTHÈQUE DES ÉCOLES CHRÉTIENNES

LES DEUX COUSINES

SUIVI DE

UNE PRÉVENTION

PAR

Mlle GABRIELLE DE ***

TOURS
Ad MAME ET Cie, IMPRIMEURS-LIBRAIRES

BIBLIOTHÈQUE

DE LA

JEUNESSE CHRÉTIENNE

APPROUVÉE

PAR MGR L'ARCHEVÊQUE DE TOURS

2e SÉRIE IN-18

PISAN.

LES

DEUX COUSINES

SUIVI DE

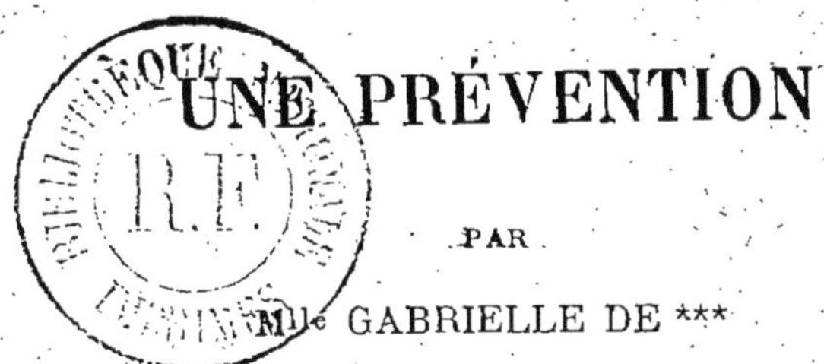

UNE PRÉVENTION

PAR

Mlle GABRIELLE DE ***

NOUVELLE ÉDITION

TOURS

ALFRED MAME ET FILS, ÉDITEURS

1876

LES

DEUX COUSINES

> Qui ne préfère la douce violette
> à la tulipe altière?
>
> N***.

I

DEUX CARACTÈRES

Dans un salon boisé de chêne, dont les hautes fenêtres gothiques, les plafonds armoriés et la longue suite de portraits suspendus à la muraille nous indiquent assez que nous pénétrons dans un de ces vieux manoirs bretons qui ont survécu aux horribles désastres de 93, une vieille dame, la marquise de Kermoguen, est ensevelie dans une vaste bergère; près d'elle, une belle jeune fille s'occupe un peu nonchalamment d'un ouvrage de tapisserie.

La marquise de Kermoguen est veuve; elle a éprouvé bien des malheurs dans sa vie. Elle avait trois enfants; ils sont morts, léguant à sa tendresse trois anges qu'elle a adoptés, et qui ont un peu remplacé près d'elle ceux qu'elle a perdus. Puis elle est chrétienne, et dans ses pratiques religieuses, dans les secours que Dieu envoie à ses enfants, la marquise a trouvé de puissantes consolations.

Mme de Kermoguen est adorée des paysans, dont elle est la bienfaitrice et la mère; c'est une femme dont le cœur renferme des trésors d'amour et de vertus. Elle a toujours refusé de quitter son paisible village, qu'ont habité ses ancêtres et où se sont écoulées les plus belles années de sa jeunesse. D'ailleurs elle ne peut s'accoutumer aux nouvelles habitudes de la jeune France; elle n'a point adopté ses idées nouvelles ; elle professe une grande admiration pour le temps passé, et reste fidèle aux usages de ses pères.

Dans ce moment elle sommeille, et sans doute tous ces beaux souvenirs repassent devant elle dans un songe, car quelques larmes mouillent ses paupières.

La jeune personne placée en face d'elle paraît parfaitement ennuyée; parfois elle soupire profondément et murmure : « Mon Dieu ! quelle vie monotone! Et dire que ce sera peut-être toujours ainsi ! »

Soudain la marquise, dont le

sommeil est léger, se réveille au bruit d'un des longs soupirs de la belle indolente.

« Qu'est-ce donc? demanda-t-elle; que viens-je d'entendre?

— Je ne sais, bonne mère; je n'ai rien entendu, moi.

— Tu es donc encore seule, mon enfant?

— Oui, bonne maman; Bérengère est sortie après déjeuner, elle n'est pas encore revenue. En vérité, je ne sais quel plaisir elle peut trouver à la promenade; il fait si chaud aujourd'hui...

— Que tu n'as pas eu envie de la faire avec elle, je le vois.

— Oh! pas le moins du monde, maman ; je n'aime point à m'exposer ainsi aux chauds rayons d'un soleil de juillet, pour risquer de me griller le teint et de devenir noire comme la petite Gaït, la fille de basse-cour. »

La marquise sourit.

« Il paraît que Bérengère n'a pas les mêmes craintes que toi, ma chère Constance.

— Avouez entre nous, bonne mère, que ma cousine peut impunément braver les plus brûlants rayons du soleil, puisqu'elle est naturellement brune comme une Andalouse.

— Tandis que tu possèdes la blancheur et la délicatesse d'une blonde fille de la Germanie, » reprit Mme de Kermoguen en réprimant un sourire quelque peu moqueur.

« Vous me flattez, chère mère; je ne prétends pas dire que je suis belle...

— Mais tu supposes être mieux que ta cousine?

— Je ne dis pas cela non plus. Bérengère, malgré son teint cuivré, est assez bien sans doute, puisque tout le monde la recherche et l'admire.

— Ma fille, reprit sérieusement la marquise, ce n'est point la beauté qu'on admire dans Bérengère, car elle n'est rien moins que jolie; mais ce qui charme en elle, ce sont ses précieuses qualités. Bérengère, par sa bonté, sa modestie, sa simplicité, sait se gagner tous les cœurs. On la voit sans cesse occupée à chercher les moyens de se rendre agréable et utile. Tous ceux qui la connaissent louent son aimable caractère, sa grandeur d'âme, son cœur généreux; les riches l'aiment, les pauvres la bénissent.

— Cependant, maman, convenez que ma cousine ne se tient pas selon son rang. Souvent je l'ai vue entrer dans les chaumières les plus sales et les plus misérables. Est-ce là la place de Mlle de Saint-Remy? Je vous assure que cela me déplairait fort, si j'étais chargée de surveiller ses actions.

— Mon enfant, Bérengère, en agissant ainsi, ne cherche qu'à plaire à Dieu, et certes ce n'est pas moi qui la blâmerai jamais d'être charitable.

— Mais, bonne mère, on peut être charitable sans pour cela se mettre en contact avec tous ces gens, qui ne peuvent plus vous montrer le même respect quand on leur a parlé si familièrement.

— Tu es dans l'erreur, ma chère petite. Tous ces braves gens n'en ont, au contraire, que plus de respect pour ceux qui vont leur porter des consolations. Car ce n'est pas tout que de les secourir, Constance : il faut encore relever leur courage, les exciter à la résignation dans cette vie, afin d'obtenir une récompense dans l'autre; il faut les instruire de tout ce qui concerne notre sainte religion et la leur faire aimer. Ce sont là de belles actions aux yeux de Dieu, ma chère fille, car il aime les pauvres par-dessus tout. »

Constance de Kermoguen allait répliquer, elle n'en eut pas le temps. La porte du salon s'ouvrit, et une jeune fille, gracieuse sans être jolie, entra et vint en souriant présenter son front à la marquise.

Bérengère de Saint-Remy était vêtue avec autant de simplicité que sa cousine l'était avec élégance. Elle portait une robe de batiste tout unie; ses beaux cheveux, sans aucun ornement, retombaient sur son cou en boucles naturelles. Ses grands yeux noirs petillaient d'esprit et de vivacité. Bérengère avait une grande bouche; mais des dents petites et blanches, et un sourire doux et bon, faisaient oublier ce défaut.

Pour Constance, elle était vraiment belle. Cependant sa figure, dont tous les traits étaient d'une finesse et d'une régularité irréprochables, ne plaisait pas généralement. C'était une de ces figures insignifiantes et inanimées qui ne disent rien. Ses grands yeux bleus, que voilaient de longs cils dorés, n'avaient point l'expression qu'on trouvait dans ceux de Bérengère. Son sourire, quoique sa bouche fût petite et parfaitement dessinée, n'avait point cette douceur, cette affabilité qu'on aimait dans celui de Bérengère.

« Tu as été bien longtemps, chère enfant, dit la marquise à la jeune fille d'un ton de doux reproche.

— C'est vrai, bonne maman ;

mais j'espère que ce que je vous apporte me fera obtenir mon pardon. »

Et Bérengère présenta à son aïeule une lettre que la vénérable dame ouvrit vivement et parcourut en souriant :

« Vous paraissez joyeuse, bonne mère; Henri vous apprend-il donc de bonnes nouvelles?

— Il m'annonce qu'il vient enfin d'obtenir un congé de deux mois qu'il passera près de nous. Ce cher enfant! il y a si longtemps que je ne l'ai vu!

— Comme nous le trouverons changé ! s'écria Bérengère.

— Et nous-mêmes, il aura peine à nous reconnaître, ajouta Constance.

— Que je suis heureuse ! répétait la bonne aïeule en embrassant tour à tour ses deux petites-filles.

— Et quand arrive-t-il ? demanda Constance.

— La lettre ne doit, dit-il, le précéder que de quelques heures.

— Il sera bientôt ici alors, reprit Bérengère. Comme c'est aimable à lui de venir égayer un peu notre solitude!

— Je vous laisse, mes chères filles, dit la marquise en se levant. Je suis bien aise de m'occuper moi-même des quelques préparatifs que nécessite l'arrivée de votre cousin.

— En vérité, dit Bérengère quand la vieille dame eut quitté le salon, j'étais loin de me douter de ce que contenait la lettre de Henri.

— Pour moi, dit Constance, je pensais que M. le marquis de Kermoguen nous avait oubliées sans retour, et qu'il nous trouvait trop au-dessous de lui.

— Tu le jugeais mal, Constance; je suis bien sûre que Henri n'a point oublié sa bonne grand'mère ni ses sœurs adoptives. C'est impossible, il paraissait tant nous aimer! »

Mlle de Kermoguen haussa les épaules.

« Que tu es simple, Bérengère! les temps sont changés, vois-tu; et au milieu de tous les plaisirs qui l'entourent dans les villes, il ne serait point étonnant que mon cousin eût oublié notre vie d'autrefois. Il ne nous regarde sans doute que comme de petites campagnardes indignes d'attirer son attention. En effet, que serions-nous auprès de toutes ces belles dames si élégantes, si bien parées, qu'il voit tous les jours?

— Mais nous serions toujours ce que nous sommes, répondit gaiement Bérengère, Mlle de Kermoguen et Mlle de Saint-Remy. Crois-tu que nous n'en valons pas bien d'autres?

— Tu es absurde, Bérengère, reprit Constance avec un geste d'impatience, tu ne t'inquiètes jamais de rien, et la vie monotone et fastidieuse que nous menons te paraît même pleine de charmes.

— J'avoue que je me trouve

effectivement fort heureuse. N'ai-je pas tout ce que je désire? Ne suis-je pas entourée de tout ce que j'aime: ma bonne mère, ma chère Constance, le bon curé qui a instruit notre enfance? N'ai-je pas bien près de fidèles amis? Que faut-il donc de plus pour être heureuse?

— Rien, quand on a des goûts aussi simples que les tiens. Mais les miens sont un peu plus élevés: pour moi, vois-tu, Bérengère, c'est la ville et ses plaisirs qu'il me faut. C'est toute cette longue chaîne de joies, de fêtes, de plaisirs, que je vois dans mes songes..... Ah! que le réveil est triste, après une nuit bercée par de tels rêves!

— Comment! Constance, tu pourrais placer ton bonheur dans une vie si frivolement employée! Crois-moi, mon amie, nos instants sont trop courts pour les dépenser dans...

— Pardon, interrompit Constance, j'oublie que tu es l'ennemie déclarée de tout ce qui porte le nom de plaisir.

— Moi! tu te trompes, Constance. J'aime des plaisirs tranquilles : une fête de famille, par exemple. Mais je déteste cette vie de dissipation et de divertissements qui dévorent la fortune, usent la santé, et ne laissent trop souvent dans l'âme que d'amers souvenirs.

— En vérité tu prêches fort bien, ma cousine ; et si quelquefois M. le recteur se trouvait fatigué et ne pouvait faire son sermon habituel à ses paroissiens, il devrait sans crainte te charger de le remplacer. »

Mlle de Saint-Remy ne releva

pas la raillerie de sa cousine, elle s'occupa d'autre chose.

« Ah ! mon Dieu ! s'écria soudain Constance en jetant un regard vers une glace, mais je suis horriblement coiffée, et ma parure n'est pas présentable. Et toi, Bérengère, ne changes-tu pas de toilette ?

— Moi, par exemple ! et pourquoi ?

— Dame ! il me semble que pour recevoir une visite il faut au moins être mise convenablement.

— Bah ! ne suis-je donc pas bien comme cela ? Henri n'est pas un étranger pour nous : c'est un ami, un frère.

— Je te répèterai pour la seconde fois, ma cousine, qu'il ne peut plus en être aujourd'hui comme il y a quatre ans. A cette époque j'avais quatorze ans, tu en avais treize, nous étions des fillettes ; le marquis lui-même était presque un enfant. Maintenant c'est tout différent, les enfants sont devenues des jeunes filles ; Henri a vingt-trois ans ; nous ne pouvons plus le traiter avec le même sans-façon, la même familiarité.

— Ma foi, repartit naïvement

Bérengère, je ne pensais point à tout cela. Je ne m'étais pas imaginé que, parce que quatre années ont passé sur nos têtes, nous devions faire plus de cérémonies qu'autrefois. Enfin, n'importe! je me trouve suffisamment parée ; et si Henri éprouve moins de joie à me voir en négligé qu'en grande toilette, ceci ne prouvera point l'élévation de son esprit. Crois-tu, Constance, que je ne t'aimerais pas autant vêtue d'une simple robe de batiste que parée des habits les plus somptueux?

— Je ne dis point le contraire,

ma bonne amie; mais enfin c'est l'usage, les convenances qui exigent de nous une foule de choses, assez désagréables parfois, auxquelles il faut nous conformer, sous peine d'être livrées au ridicule.

— Si nous étions en ville, je ne dis pas; mais en province, au fond d'un pauvre petit village perdu au milieu des landes bretonnes?

— Tu es délicieuse! Mais à la campagne comme à la ville ne faut-il pas être jolie, gracieuse, charmante?

— Moi je n'y tiens pas. Quant à toi, pour être belle tu n'as pas besoin d'atours. D'ailleurs la simplicité sied si bien à notre âge !

— Parle pour toi, Bérengère ; mon avis, à moi, est qu'il faut toujours être mise selon son rang et sa fortune. »

En achevant ces mots, Mlle de Kermoguen sortit du salon.

Bérengère resta quelques instants pensive ; soudain se levant précipitamment :

« Ah ! mon Dieu ! s'écria-t-elle, moi qui oubliais de porter à la pauvre Armelle la layette pour son dernier-né, et c'est demain le baptême ! »

La jeune fille quitta le salon, monta dans sa chambre, prit dans le tiroir d'une antique commode un paquet soigneusement attaché, et courut jusqu'à un passage dérobé qui la conduisit hors du château.

Une petite paysanne qu'elle rencontra vint lui faire la révérence.

« Ah! c'est toi, Gaït! bonjour.

— Comme vous paraissez pressée, mam'selle Bérengère!

— Je le suis en effet. Mais puisque te voilà, tu vas m'épargner une course.

— Oh! avec grand plaisir, notre demoiselle.

— Porte ce paquet chez Armelle, et surtout ne t'avise pas de le défaire.

— N'ayez pas peur de ça, notre demoiselle. Que faudra-t-il dire à Armelle?

— Rien. Elle sait ce que c'est. »

Et ce disant, Mlle de Saint-Remy reprit en courant le chemin du château, où venait d'arriver le jeune marquis.

« Bonne demoiselle! murmurait Gaït en s'éloignant, je gage que c'est encore quelque charité, car c'est tout ce qu'elle sait faire. Quelle différence avec sa cousine, la fière mam'selle Constance, qui ne daigne pas même adresser la parole à de pauvres gens comme nous! »

II

HENRI DE KERMOGUEN

Au moment même où Bérengère de Saint-Remy quittait Kermoguen, le jeune marquis descendait de voiture dans la cour du château. En quelques secondes il fut dans les bras de la marquise, qui sanglotait en couvrant de baisers cet enfant bien-aimé qu'elle n'avait pas vu depuis quatre ans.

« Mon cher Henri, quelle joie de te revoir !

— Ma bonne mère, je suis bien heureux : il y a si longtemps, si longtemps que je ne vous ai vue ! Et mes cousines ? Elles sont bien changées, n'est-ce pas ?

— Tu vas en juger, mon enfant. Viens, elles t'attendent. »

Et Mme de Kermoguen, rajeunie par la joie, entraîna son petit-fils dans le salon, où elle fut fort étonnée de ne voir ni l'une ni l'autre des deux cousines.

Elle appela Gothon, une vieille bonne qui avait élevé ses enfants et qui pleura de joie en revoyant Henri, et lui demanda ce qu'étaient devenues Constance et Bérengère.

« Mlle Constance est dans sa chambre, répondit la vieille domestique; Mlle Bérengère est sortie.

— Quoi! elle est déjà sortie! où peut-elle être allée?

— Je l'ignore, Madame.

— Priez Constance de se rendre ici, et aussitôt que Mlle de Saint-Remy sera rentrée, dites-lui que je la demande. »

Gothon avait à peine fait quelques pas pour s'éloigner, lorsque Bérengère entra. Elle était rouge, animée ; on voyait qu'elle avait couru. Elle poussa une joyeuse exclamation en apercevant son cousin qui s'avançait à sa rencontre. Ils s'embrassèrent cordialement ; Bérengère pleurait et riait tout à la fois. La bonne aïeule serrait dans ses mains celles de ses chers enfants.

Mlle Constance de Kermoguen, élégamment parée, se montra sur le seuil. Henri courut au-devant d'elle, tandis qu'elle s'avançait majestueusement. Elle tendit la main au jeune homme sans proférer une parole, sans même lui sourire. Henri resta tout interdit, ne sachant que penser d'une telle froideur.

« Comment ! Constance, c'est ainsi que tu me reçois après quatre ans d'absence! Ne suis-je donc plus ton frère? As-tu donc oublié les belles années de notre enfance?

— Oh! monsieur le marquis, vous ne le croyez pas!

— Ah! pardon, reprit Henri, blessé du ton de sa cousine, je n'avais pas assez réfléchi à toute la différence qui existe entre une jeune fille de quatorze ans et une demoiselle de dix-huit. Je vous remercie de me l'avoir rappelé, Mademoiselle, et vous promets d'y penser désormais. »

Et, s'inclinant profondément devant la jeune fille, il vint reprendre sa place auprès de la bonne marquise, que cette petite scène avait vivement affligée.

Un pénible embarras régnait entre ces quatre personnages. Constance voyait bien à l'air sérieux de sa grand'mère qu'elle était loin d'approuver sa conduite, et que tous ces grands airs n'étaient pas de son goût.

Pour Henri, son âme aimante et sensible avait été vivement froissée de l'accueil glacial de sa cousine, avec laquelle il avait été élevé et qu'il aimait comme une sœur.

« Mes enfants, dit Mme de Kermoguen aux jeunes personnes, vous ferez bien de voir si le dîner s'apprête. »

Constance et Bérengère comprirent que leur aïeule désirait rester seule avec Henri; elles se levèrent et quittèrent le salon : Constance toujours froide et dédaigneuse, Bérengère toujours souriante.

« Eh bien, mon fils, demanda gaiement la marquise, que penses-tu de tes cousines ? Notre Constance n'est-elle pas remarquablement belle ?

— Oh ! cela dépend des goûts. Vous avouerez avec moi que Constance est une belle statue, et rien autre chose. Quelle impassibilité ! quelle froideur ! Une statue !... mais celles qui ornent la grande galerie ont plus d'animation qu'elle.

— Voilà une comparaison qui

ne la flatterait guère assurément. Tu n'as vu ta cousine qu'un instant, et tu l'as mal jugée. Que dis-tu de Bérengère?

— Bérengère est moins belle que Constance, j'en conviens. Mais quelle expression dans sa physionomie ! quelle douceur dans son sourire ! quelle bonté dans son regard !

— Elle est douce et bonne, en effet ; Constance aussi, tu le reconnaîtras toi-même. Je t'en prie, mon cher Henri, avant de prononcer sur tes deux cousines, apprends à les connaître davantage.

Constance n'a pas agi comme elle devait le faire avec un ami d'enfance, mais...

— Oh ! je vous assure, bonne mère, que je ne lui en garde point rancune, et que mon amitié pour elle n'en est nullement altérée.

— Tes paroles me font du bien, Henri. Hélas ! mon pauvre enfant, je suis bien vieille, j'ai déjà un pied dans la tombe...

— Chère mère, de grâce, ne parlez pas ainsi !

— Laisse-moi achever, mon fils. J'ai eu tant de chagrins, vois-tu, que ma vie s'est usée avant l'âge. Je voudrais en mourant vous voir tous heureux. Ce n'est pas toi qui m'inquiètes, Henri, ce sont ces deux pauvres jeunes filles... Que deviendraient-elles si j'allais leur manquer?

— Croyez-vous donc que je les abandonnerais?

— Écoute-moi bien, Henri : j'ai à te parler d'un vœu que ton noble père, mon fils bien-aimé, forma longtemps avant de mourir : c'est que tu fusses un jour l'époux d'une de ces deux enfants, orphelines bien avant toi. Cependant le marquis de Kermoguen me fit jurer de ne point contrarier tes inclinations, et l'une de tes cousines ne deviendra ta femme que si tu n'y mets point d'obstacles.

— Ma bonne mère, mon seul bonheur sera toujours de me conformer à vos volontés et aux vœux de mon vénéré père. J'épouserai une de mes cousines; mais avant de vous dire laquelle je préfère, il me faut étudier leurs caractères, leurs goûts, leurs habitudes.

— Sans doute. Une chose encore, Henri. Tu dois savoir que de les deux cousines l'une est beaucoup plus riche que l'autre. M. de Saint-Remy n'avait aucune fortune ; par conséquent Bérengère n'a que ce qui lui vient de sa mère, et c'est bien peu de chose, puis ce que je lui laisserai moi-même. Pour Constance, elle est riche, très-riche. Vois, mon fils.

— Ma mère, la richesse ne fait pas le bonheur ; et quand même mes cousines n'auraient absolument rien, ce que je possède nous suffirait pour vivre fort à l'aise et faire quelques heureux autour de nous.

— Henri, mon cher enfant, je suis fière et heureuse de t'entendre parler ainsi.

— Madame la marquise est servie! » cria en cet instant un laquais en ouvrant à deux battants la porte, surmontée de l'écusson quelque peu effacé des Kermoguen, qui conduisait dans la salle à manger. Henri offrit son bras à sa grand'mère, qui s'y appuya avec bonheur, et la conduisit dans la pièce voisine, où Constance et Berengère vinrent les rejoindre.

Le repas fut assez joyeux : Constance fut plus expansive; Bérengère, gaie comme toujours.

Henri de Kermoguen, avec lequel nous venons de faire connaissance, était sorti de l'école de Saint-Cyr avec le grade de sous-lieutenant, et il venait de passer lieutenant. Tout en lui annonçait le descendant d'une noble race. Sa démarche était fière et imposante, ses mouvements pleins de grâce et d'aisance, son air bienveillant. Toute sa personne avait un cachet qui révélait l'homme bien né. Puis il était vraiment fort joli garçon, Henri de Kermoguen, surtout lorsqu'il portait son uniforme de grande tenue.

Mais ce qui valait mieux que tous ces brillants dehors, le jeune marquis était doué des plus précieuses qualités du cœur. Il était bon, grand, généreux, sensible, loyal; il aimait à faire le bien pour le plaisir de le faire. Aussi comme elle était fière de son petit-fils, la bonne marquise!

Le lendemain de l'arrivée de Henri, Mme de Kermoguen eut avec ses deux petites-filles un long entretien; on ne sait ce qu'elle leur dit. Mais à dater de cet instant

Constance se dépouilla de son extravagante roideur, et se montra plus affectueuse à l'égard de Henri.

III

BÉRENGÈRE

« Où donc est Bérengère, bonne maman ? demandait un matin Henri de Kermoguen à la marquise, qui entrait dans le grand salon boisé de chêne. Voilà près de deux heures que nous l'attendons, Constance et moi, pour aller faire une visite à notre vieil ami M. le recteur.

— Je ne vous en dirai rien, mes chers enfants, j'ignorais même qu'elle fût sortie.

— Bah ! s'écria Constance, ma cousine est si étrange ! Elle est sans doute à visiter dès ce matin tous les paysans des environs ; c'est là sa société favorite.

— Ah ! la voici ! s'écria Mme de Kermoguen, qui avait ouvert une fenêtre. Mon Dieu ! comme elle se presse ! Qu'est-il donc arrivé ?

— Si nous allions à sa rencontre, nous le saurions. Le voulez-vous, chère cousine ?

— Je ne crois pas que cela soit

bien utile; Bérengère d'un rien fait toujours une grande affaire. Dans un instant elle nous dira elle-même la cause de sa précipitation. »

En effet, Mlle de Saint-Remy ne tarda pas à entrer au salon, et elle apprit à ceux qui l'y attendaient que, par suite d'un accident arrivé à une pauvre femme, Renotte Picquerel, qui s'était cassé la jambe dans une chute, elle s'était attardée afin de lui prodiguer les premiers soins, et qu'elle n'avait pas voulu la quitter avant l'arrivée de M. Robert, le médecin du village, qu'elle avait envoyé chercher.

« Hélas! ajouta-t-elle tristement, la pauvre femme manque de bien des choses nécessaires, et elle souffre beaucoup.

— Nous irons voir cette infortunée, dit la marquise avec compassion, et nous lui porterons ce dont elle a besoin.

— Je voulais vous le demander, bonne mère, je suis charmée que vous m'ayez devancée.

— Aussitôt après le déjeuner, nous nous dirigerons vers la demeure de Renotte ; venez, mes enfants. »

Onze heures sonnaient comme la famille de Kermoguen se levait de table ; Bérengère rappela la visite qu'on avait à faire.

« Quoi ! chère maman, s'écria Constance, vous voulez aller chez cette femme à une heure pareille ! Le soleil brûle, et il n'y a pas un seul arbre pour se garantir !

— Tu ne viendras pas si tu le redoutes, ma chère fille. A mon âge, on ne tient guère à la fraîcheur de son teint.

— Je n'y tiens pas non plus, bien que je sois fort jeune, s'écria en riant Bérengère; il est vrai que je suis naturellement si noire, que je ne dois pas craindre l'effet des brûlants rayons du soleil.

— Ainsi tu restes, Constance?

— Oui, si vous le permettez, bonne mère.

— Je te laisse libre, ma fille. Allons, ma Bérengère.

— Et moi, bonne mère, je vous accompagne aussi! s'écria Henri en offrant son bras à la vieille dame; un soldat ne craint pas de brunir son teint.

— Comment! mon cousin, vous voulez aller chez ces gens-là! s'écria vivement Constance; vous allez être témoin d'un spectacle auquel vous ne devez pas être accoutumé, et dont j'aime assez me passer.

— Constance! fit sévèrement la marquise, remerciez Dieu qui vous a fait naître dans une position fortunée; et priez-le de ne jamais vous faire connaître la misère et toutes ses horreurs... Venez, mes bons amis. »

Constance avait, en pâlissant de colère, baissé les yeux devant la remontrance de sa grand'mère; elle les releva quand la vieille dame et ses enfants eurent disparu.

« Se peut-il, murmura l'orgueilleuse enfant, que j'aie été ainsi humiliée devant Henri!... Combien il va me mépriser maintenant!... et Bérengère, qu'elle doit être fière! car elle triomphe aujourd'hui. »

En prononçant ces paroles, les yeux de Constance tombèrent sur une glace qui refléta son beau et frais visage; elle sourit avec complaisance à son image.

« Oh! du moins, s'écria-t-elle, j'ai de plus qu'elle ce qu'on ne peut m'enlever, ma beauté. Je suis belle, moi! tandis que Bérengère...

— Est bonne! » dit une voix sonore derrière elle.

Constance se retourna effrayée, et poussa un cri de terreur en apercevant son cousin qui, arrêté au milieu du salon, souriait dédaigneusement. Puis elle s'enfuit en voilant son visage de ses deux mains.

Henri, ayant oublié sa canne, était retourné sur ses pas; il était entré dans le salon sans être entendu de sa cousine, dont aucune des paroles ne lui avait échappé, et il n'avait pu s'empêcher d'y répondre.

Le cœur tout attristé de ce qu'il avait vu, Henri rejoignit son aïeule et Bérengère, auxquelles il se garda bien de dire ce qui venait de se passer.

Arrivés chez Renotte, qui ne savait comment leur témoigner sa gratitude, la marquise et ses enfants l'entourèrent des soins les plus délicats et les plus touchants. Là, Henri put à loisir admirer la généreuse charité de sa jeune cousine.

Après une assez longue visite à Renotte, la famille revint au château. Une demi-heure s'était à peine écoulée, lorsque Henri vit, de sa fenêtre, Bérengère qui sortait de nouveau, accompagnée de la petite Gaït, laquelle portait un lourd panier. Curieux de savoir où elles allaient, le jeune homme quitta le château à son tour et les suivit de loin.

Bérengère entra dans une pauvre cabane; Henri se cacha derrière un gros arbre, et de là il put voir les habitants de la chaumière combler de leurs bénédictions la douce jeune fille. Elle leur dit adieu, et, s'enfonçant dans un sentier ombragé de beaux arbres, elle entra successivement dans une dizaine de chaumières dont elle était la protectrice et l'ange gardien.

Ah ! se dit Henri, je ne m'étais pas trompé, Bérengère possède toutes les vertus qui peuvent assurer le bonheur sur la terre.

Et il reprit le chemin du château, où Bérengère rentra bientôt, toujours accompagnée de la petite Gaït, qui portait alors lestement ce panier sous le poids duquel elle pliait presque quelques heures auparavant.

C'est que le contenu en avait été

vidé entre les mains du pauvre, qui en retour ne pouvait donner que ses bénédictions, gage précieux pour celui qui le reçoit, puisqu'il amène toujours les bénédictions du Ciel.

IV

CONCLUSION

Un matin, le vieux manoir de Kermoguen revêtit un air de fête, et tout le village fut en émoi. Les serviteurs allaient et venaient, les paysans se paraient de leurs plus beaux habits, et le pasteur du hameau venait d'arriver au château en grande hâte.

Que se passait-il? Pourquoi cette gaieté, cette agitation, ce mouvement inaccoutumé?

C'est qu'aujourd'hui, dans la chapelle splendidement décorée, Mlle Bérengère de Saint-Remy va être unie au jeune marquis Henri de Kermoguen. Tout le monde est heureux, parce qu'on dit que jamais union ne fut mieux assortie que celle de ces vertueux jeunes gens.

Bérengère, réveillée de bonne heure, venait de terminer sa toilette; elle s'achemina vers le grand salon où se trouvait la marquise, et, se précipitant à ses pieds, elle la pria de la bénir.

Quelques larmes coulèrent sur les joues flétries de l'aïeule ; elle étendit sa main sur la tête inclinée de la jeune fille.

« Oh ! oui, dit-elle, je te bénis, mon enfant bien-aimée : puisses-tu être bonne épouse et bonne mère comme tu fus bonne fille, et le Ciel répandra sur toi ses célestes grâces. »

Mme de Kermoguen releva sa chère Bérengère, et la serra tendrement dans ses bras ; puis elle lui donna de pieux conseils.

Constance entra tout à coup. Elle était un peu pâle, et ses yeux portaient l'empreinte de larmes fraîchement répandues. Bérengère courut à elle, et les deux cousines se tinrent longtemps embrassées.

« Chère Bérengère, sois heureuse, tu le mérites si bien! s'écria Constance d'une voix étouffée par l'émotion.

— Ah! répliqua Bérengère, la tâche qui va m'être imposée aujourd'hui est grande et souvent difficile à remplir, je le sais; mais je mets en Dieu ma confiance : j'espère qu'il me donnera le courage nécessaire pour accomplir dignement et fidèlement tous mes devoirs. »

Mme de Kermoguen prit alors la main de sa petite-fille et alla la présenter à tous les invités, qui félicitèrent à l'envi la future marquise. Bérengère, quoiqu'un peu confuse de tant de compliments, conserva jusqu'au bout son charmant caractère : elle trouva un mot aimable pour répondre à chacun.

Constance de Kermoguen avait fait un sérieux retour sur elle-même; elle s'était dit que la beauté et la fortune n'étaient rien sans la bonté. Sa grand'mère, dans un entretien secret qu'elle avait eu avec elle, le lui avait du reste assez fait comprendre, et la jeune fille, la veille du mariage de Bérengère, avait juré au pied de son crucifix de changer de conduite. Les belles et nobles qualités de sa cousine lui revinrent à la mémoire : elle vit passer devant ses yeux toute la longue suite des bienfaits, des belles actions, des vertus de Bérengère, elle se promit de marcher sur ses traces et de la remplacer auprès de son aïeule et des pauvres.

Elle avait gémi sur ses nombreuses fautes, déploré les défauts qui avaient terni ses bonnes qualités, et elle avait répandu d'abondantes larmes dont, on le sait, les traces paraissaient à son réveil.

Après la présentation des futurs époux on se rendit à la chapelle, où le vénérable prêtre, qui avait baptisé les deux jeunes gens et leur avait pour la première fois distribué le pain des anges, les unit pour toujours.

Cette radieuse journée s'acheva par une charmante soirée, d'où l'ennui et la tristesse furent bannis.

pour laisser place entière à la gaieté et au bonheur.

Huit jours après, Henri et Bérengère adressaient en pleurant de touchants adieux à leur mère et à leur sœur adoptive, et partaient pour Paris, où était alors le régiment du marquis. Mais bientôt la joie revint dans le cœur de cette estimable famille; Henri avait obtenu de venir à Rennes, qui n'était qu'à quelques kilomètres de Kermoguen. Bérengère put donc aller bien souvent porter à son aïeule ses douces consolations, ses encouragements à Constance, qui continuait à persévérer dans la voie du bien, et revoir ses amis les pauvres.

Deux ans après le mariage de Bérengère de Saint-Rémy, Constance épousa un jeune homme des environs, le comte Gaëtan de Farnoët; mais comme elle ne voulait point abandonner sa grand'mère, elle ne consentit à ce mariage qu'à la condition d'habiter Kermoguen.

Toute cette famille vit heureuse, comblée des bénédictions du Ciel, qui récompense ses vertus. La marquise, dont la vie a été si éprouvée, puise dans la tendresse de ses enfants de douces consolations.

Puis l'espérance lui montre une patrie de délices qu'elle ira bientôt habiter, et d'où elle continuera de veiller sur ceux qu'elle aime, en attendant qu'ils viennent la rejoindre au pied du trône de Dieu.

FIN

UNE PRÉVENTION

I

Onze heures de nuit venaient de se faire entendre à l'horloge du vieux château de Trévihan. On n'entendait aucun bruit extérieur, et l'on aurait facilement cru que tous les habitants reposaient, si une faible lumière, brillant entre les persiennes de deux petites croisées, n'eût révélé le contraire.

En effet, dans la chambre d'où partait cette lumière se trouvaient deux jeunes filles qui, malgré l'heure avancée de la nuit, ne semblaient nullement disposées au sommeil.

C'est qu'il y avait plus d'un an qu'elles ne s'étaient vues, et elles avaient tant de choses à se dire !

Henriette et Mathilde de Guionec étaient jumelles; elles avaient quatorze ans.

Mathilde, élevée chez sa grand'-mère, qui venait de mourir, était arrivée au château de Trévihan le matin même du jour où nous la voyons auprès de sa sœur, pour ne plus en sortir.

« Que je suis donc heureuse de te revoir, ma bonne Mathilde! disait pour la centième fois Henriette en embrassant sa sœur.

— Et moi aussi, je suis bien heureuse. Mais, vois-tu, Henriette, il y a une chose qui trouble toute la joie que j'ai à te retrouver, ainsi que mon père.

— Je sais ce que tu veux dire, ma sœur, mais j'ai peine à comprendre pourquoi cela te fait de la peine. Mes lettres ne t'ont-elles pas dit mille fois que notre belle-mère était bonne, qu'elle avait pour moi une affection et des soins tout maternels. Elle ne te connaît pas, Mathilde, et pourtant elle t'aime... oh! mais beaucoup, beaucoup.

— Une marâtre! fit Mathilde avec emportement. Oh! ma pauvre mère, ajouta-t-elle d'un ton douloureux, pourquoi avez-vous abandonné vos enfants? Pourquoi faut-il qu'une étrangère ait pris ici votre place et votre nom?

— Calme-toi, ma bonne sœur, dit Henriette attendrie, ton chagrin me fait mal.

— Tu es bien heureuse, toi, de

pouvoir aimer cette étrangère, repartit aigrement Mathilde.

— La femme de mon père n'est pas une étrangère pour moi, Mathilde; c'est ma seconde mère, c'est la mère de mon frère. Voudrais-tu donc aussi que je n'aimasse pas ce pauvre petit René, qui est un si charmant enfant, tu le verras!

— Quand est-ce que Mme de Guionec arrive? demanda sèchement Mathilde.

— Nous l'attendons demain. Elle est allée avec notre petit René passer quelques jours dans sa famille.

— Demain !... répéta Mathilde, oh ! ma pauvre mère !... »

Et, cachant sa tête dans ses mains, elle se mit à pleurer amèrement. Ce fut vainement qu'Henriette s'efforça de la consoler ; elle ne voulut rien entendre.

Lorsque leur mère mourut, Henriette et Mathilde entraient dans leur septième année. Elles avaient gardé d'elle un doux souvenir, et quoiqu'elles eussent à peine dix ans lorsque leur père, encore dans toute la force de la jeunesse, avait contracté une nouvelle union, elles en ressentirent un violent chagrin.

Depuis la mort de leur mère elles habitaient avec leur aïeule; car le comte de Guionec, livré à de graves affaires, n'avait guère le loisir de s'occuper de ses filles. Ce fut une des raisons qui le décidèrent à se remarier.

Mme de Langoët apprit avec chagrin, et même avec mécontentement, la résolution de son gendre; elle se promit bien de ne jamais le revoir, et surtout de ne plus remettre les pieds au château de Tréviban. Néanmoins elle vint le prier de lui laisser une de ses petites-filles.

Et c'est ainsi que Mathilde avait été élevée chez son aïeule, tandis qu'Henriette était abandonnée aux soins de la nouvelle comtesse.

L'enfant eut bientôt oublié toutes ses préventions contre sa belle-mère; car Anne de Kervely était bonne, généreuse, aimante; et tout le monde au château l'aima bientôt à l'égal de la première comtesse.

Mathilde n'était point revenue chez son père depuis la mort de sa mère; mais Henriette allait souvent passer quelques jours chez son aïeule.

A la mort de celle-ci, Mathilde, appelée à Trévihan, arrivait bien joyeuse de revoir son père et sa sœur, mais le cœur rempli de préventions contre sa belle-mère, que Mme de Langoët lui avait appris à détester.

Mme de Guionec et son fils, charmant enfant de trois ans, étaient absents depuis quelques jours lorsque Mathilde arriva au château.

« Chère fille, lui dit le comte après les premiers transports, promets-moi que tu aimeras celle que j'ai choisie pour être votre seconde mère. »

Mathilde, craignant de blesser son père, balbutia quelques phrases équivoques. Mais avec Henriette elle parla à cœur ouvert.

Physiquement, les deux sœurs se ressemblaient à les prendre l'une pour l'autre : c'étaient bien les mêmes cheveux noirs et ondulés, les mêmes traits fins et distingués, le même teint d'une blancheur éblouissante, la même taille, la même démarche, le même son de voix. Mais leurs caractères différaient entièrement.

Henriette était naïve, simple, enjouée; Mathilde, sérieuse, posée, presque grave.

Toutes deux étaient bonnes; mais Mathilde n'avait ni cette douceur ni cette affabilité qu'on admirait dans Henriette. Et puis Mathilde était orgueilleuse, et son orgueil la perdait.

II

Le lendemain de son arrivée, Mathilde de Guionec travaillait avec sa sœur dans un petit salon dont les larges portes vitrées, s'ouvrant sur un magnifique jardin, laissaient arriver jusqu'à elles les suaves émanations du printemps.

Soudain Henriette se leva.

« Où vas-tu donc, petite sœur? lui demanda Mathilde.

— Cueillir des fleurs pour ma bonne mère, qui ne tardera pas à être ici, » répondit en souriant la jeune fille.

Puis elle sortit, gaie et heureuse, en fredonnant le refrain d'une petite chansonnette bretonne.

Mathilde soupira, et levant les yeux vers un portrait en pied de la première comtesse :

« Pardonnez-lui, ma mère chérie, dit-elle; pardonnez-lui à cause de moi, qui ne vous oublierai jamais. »

Deux larmes tombèrent sur l'ouvrage de la jeune fille, qui, entendant venir quelqu'un, s'empressa de s'essuyer les yeux.

La porte du salon s'ouvrit. Une jeune femme de vingt-cinq à trente ans s'avança jusque auprès de Mathilde, qui continuait de pousser son aiguille avec activité, comme si elle ne se fût pas aperçue de l'entrée de la jeune dame.

« Tu es donc bien absorbée par ton ouvrage, ma chère Henriette, » dit-elle en se penchant vers la jeune fille pour l'embrasser, que tu ne m'as pas entendue entrer?

Mathilde se leva vivement.

« Pardon, Madame, dit-elle d'un ton glacial, je ne suis pas Henriette.

— Alors vous êtes Mathilde, ce qui est pour moi la même chose, repartit la jeune femme. Chère enfant, vous voici donc enfin revenue parmi nous, ajouta-t-elle affectueusement; il y avait si longtemps que je désirais vous connaître! »

Tout en parlant, la comtesse tendait les bras à la jeune fille, laquelle restait impassible et froide, se contentant de répondre par quelques froides banalités à cet accueil si affectueux.

Henriette ne tarda pas à entrer, un énorme bouquet à la main.

« Chère maman, dit-elle en courant embrasser sa belle-mère, que je suis joyeuse de vous revoir!

— Et moi aussi, mon enfant ; c'est donc pour moi que tu as ravagé ton parterre?

— J'ai choisi toutes les fleurs que vous préférez, afin d'en orner vos jolis vases. Tiens! mais où donc est Mathilde? ajouta la jeune fille en regardant de tous côtés. Il me semblait l'avoir aperçue en entrant.

— Elle était ici, en effet, il n'y a qu'un instant. Je ne sais si je me trompe, Henriette, mais j'ai cru voir que ta sœur est tout à fait prévenue contre moi.

— Chère maman, Mathilde vous aimera dans quelques jours autant que je vous aime. Vous êtes si bonne !

— Puisses-tu dire vrai, mon Henriette ; car l'aversion d'une enfant pour laquelle je ressens depuis longtemps toute la tendresse d'une mère me rendrait bien malheureuse. »

Henriette se trompait. Les jours,

les mois qui s'écoulèrent n'apportèrent aucun changement dans la manière d'être de Mathilde avec sa belle-mère. Elle n'avait pour elle ni affection ni amabilité; elle était polie, et rien de plus.

Anne était bonne, et ne méritait pas la froideur que lui montrait sa belle-fille, qu'elle accablait de prévenances. Il y avait de l'ingratitude dans la conduite de Mathilde.

Henriette était vivement affligée. Plus que personne elle savait combien sa belle-mère était bonne et digne d'être aimée. La froideur de Mlle de Guionec s'étendait jusqu'au petit René. Souvent l'aimable enfant s'était vu repoussé par elle avec une brusquerie sans exemple.

Anne et Henriette s'efforçaient de cacher au comte l'injustice de sa fille ; mais il ne s'en était que trop aperçu, et son cœur en était navré.

III

Il y avait un peu plus d'un an que Mathilde de Guionec était rentrée à la maison paternelle, lorsqu'elle tomba dangereusement malade. La petite vérole se déclara, et Henriette ne tarda pas à en être atteinte elle-même.

Le dévouement de la comtesse Anne fut sublime.

Elle allait d'une chambre à l'autre, partageant ses soins entre les deux sœurs; et, malgré tout ce qu'on put dire ou faire, elle se refusa à ce que d'autres qu'elle veillassent les pauvres malades.

Henriette se remit la première; elle était complétement guérie lorsque sa sœur entra en convalescence.

Mathilde avait beaucoup souffert, et elle avait eu constamment le délire.

Un soir qu'Henriette était assise au chevet du lit de sa sœur, le médecin ordonna d'ôter le bandeau qui couvrait les yeux de la malade.

« Chère Henriette, s'écria Mathilde en saisissant les mains de sa sœur, c'est donc toi qui t'es constituée ma gardienne, c'est donc toi qui m'as soignée, qui m'as veillée avec tant de sollicitude pendant ma longue et cruelle maladie ! »

Le médecin avait quitté la chambre, les deux jeunes filles étaient seules.

« Eh! non, ma pauvre sœur, ce n'est pas moi, attendu que j'ai moi-même été forcée de garder le lit fort longtemps.

— Quoi! tu as été malade, toi aussi?

— Tu dois le voir, quoique je ne sois pas trop défigurée, ajouta gaiement Henriette en jetant un coup d'œil sur une glace placée en face d'elle.

— Est-ce notre vieille Michelle qui m'a ainsi soignée nuit et jour? demanda encore Mathilde.

— Non, ma sœur, ce n'est pas Michelle. Veux-tu que je te présente ta garde-malade? dit Henriette les yeux brillants de joie.

— Peux-tu me le demander, Henriette? »

Mlle de Guionec sortit, et revint peu d'instants après suivie de la comtesse Anne.

« Chère enfant, dit celle-ci, je suis bien heureuse de vous voir convalescente : vous nous avez causé de bien vives inquiétudes! »

La voix de la jeune femme était si douce, son regard si affectueux, que Mathilde sentit se fondre la glace de son cœur ; elle tendit la main à sa belle-mère.

« Ah ! Madame, s'écria-t-elle, que de reconnaissance ne vous dois-je pas !

— Ne parlez pas de cela, ma chère Mathilde, répliqua en souriant la jeune femme. Si vous croyez m'avoir quelque obligation et que vous vouliez m'en récompenser, donnez-moi un peu de cette tendresse que vous auriez pour votre mère, et le nom que vous lui donneriez.

— Oh ! oui, vous êtes ma mère, ma bonne mère ! s'écria Mathilde en fondant en larmes. Pardonnez-moi ma conduite passée, je vous promets que vous aurez en moi la plus tendre des filles.

— Chère enfant, je n'ai rien à vous pardonner. J'ai, au contraire, à vous remercier des bonnes paroles que vous venez de prononcer.

— Ma bonne mère, comment puis-je vous avoir méconnue, vous si dévouée, si généreuse ! »

Peu de jours après cette touchante scène de réconciliation, Mathilde, parfaitement remise, avait pu descendre au salon, où chaque soir se réunissait la famille.

Tout en lisant son journal, le comte de Guionec contemplait avec bonheur un groupe charmant placé en face de lui.

Henriette et Mathilde entouraient la comtesse, qui leur souriait doucement, tandis que le petit René venait ou leur donner un baiser, ou leur faire quelque mutine espièglerie.

Mathilde ne repoussait plus son jeune frère, et la bonne Anne avait désormais deux filles empressées et aimantes.

La prévention de Mlle de Guionec s'était évanouie devant l'admirable dévouement de sa jeune bellemère.

FIN

TABLE

5694. — TOURS, IMPR. MAME

BIBLIOTHÈQUE DES ÉCOLES CHRÉTIENNES

Animaux remarquables (les), par C. G.
Armande, par Mme la Gsse de la Rochère.
Auguste et Paul, ou la Gourmandise punie, par Stéphanie Ory.
Aveugle de Marcenay (l'), ou la Désobéissance punie, par Just Girard.
Croix de Perles (la), suivi de la Robe blanche et de les Deux Sœurs, par Mlle Gabrielle de ***
Berthilde, par Mme la Csse de la Rochère.
Bonne Tante (la), par M. E.
Deux Cousines (les), suivi de une Prévention, par Mlle Gabrielle de ***
Deux Marie (les), ou les Étrennes, par Stéphanie Ory.
Dix Contes pour l'Enfance, par Mme C. G.
Doigt de Dieu (le), par Ch. M.
Édouard et Henri.
Famille Bellefond (la), par Mme Fanny de Mouzay.
Françoise, ou la jeune Indienne, par Stéphanie Ory.
Hortense, ou Grandeur et Infortune, par Stéphanie Ory.
Honnête Ouvrier (l'), par Mme la Csse de la Rochère.
Jeune Meunière (la), par Mme Camille Lebrun.
Laurent le Paresseux, par M. E.
Leçon de Charité (la), par Mme Fanny de Mouzay.
Leçons pour les Enfants, par Miss Barbault.
Lectures pour l'Enfance, par Mme Fanny de Mouzay.
Marcel et Justin, ou les petits Négociants, par Just Girard.
Mémoires d'une Grand'Mère (les), par Mme la Vsse de Saint-P**.
Norbert, ou le Danger des mauvaises plaisanteries, par Stéphanie Ory.
Petit Matelot (le), par Mme Césarie Farrenc.
Récits du vieux Soldat (les), dédiés à l'enfance.
Soirées instructives et amusantes, par Mme de ***
Tante Ursule (la), par Mme la Vsse de Saint-P**
Victor et Jacques, ou les Suites de la Paresse, par J. Girard.
Voyage en Californie, par H. de Chavannes.

www.ingramcontent.com/pod-product-compliance
Ingram Content Group UK Ltd.
Pitfield, Milton Keynes, MK11 3LW, UK
UKHW020244220726
13923UKWH00002B/818

9 782019 226282